James Krüss
Die Reise ins Schlaraffenland

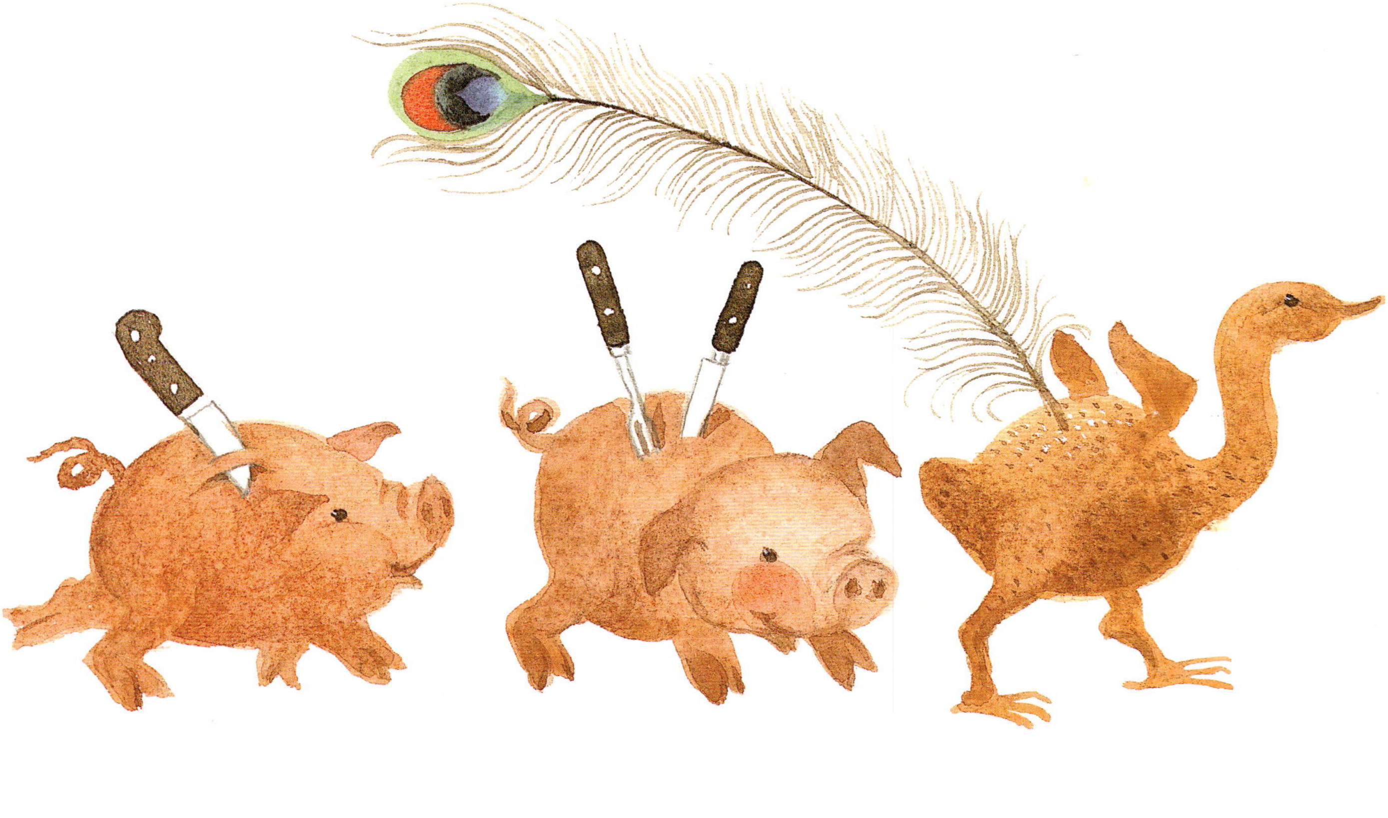

Die Reise ins Schlaraffenland

Nach alten Berichten in vier Gängen
neu serviert von James Krüss
und lustig bebildert von Erika Baarmann

LeiV

Buchhandels- und Verlagsanstalt GmbH
Leipzig

Erster Gang

Magst du
Gern faul sein?
Schlafen?
Speisen?
Und ins Land Sorgenlos verreisen?
Dann nimm den Wanderstab zur Hand
Und wandre ins Schlaraffenland.

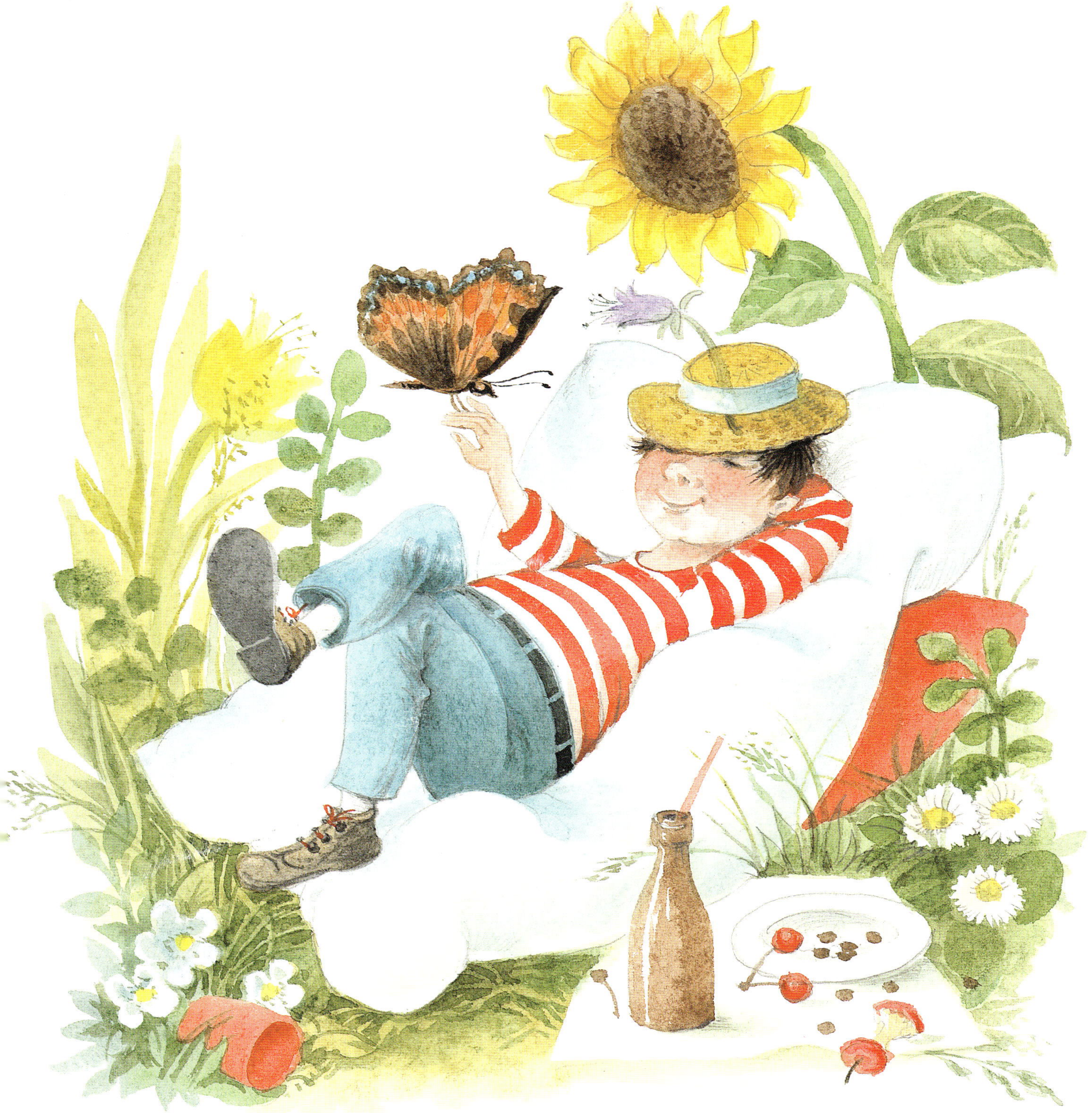

Friß dich – das ist der Eintrittspreis –
Durch einen Wall aus süßem Reis.
Dann schau dich erst gemütlich um
Zu deinem eignen Gaudium.

Zwar darfst du Trinken wie auch Essen
Bei den Schlaraffen nie vergessen;
Doch denkst du daran sowieso;
Denn Trank wie Speis fehlt nirgendwo.

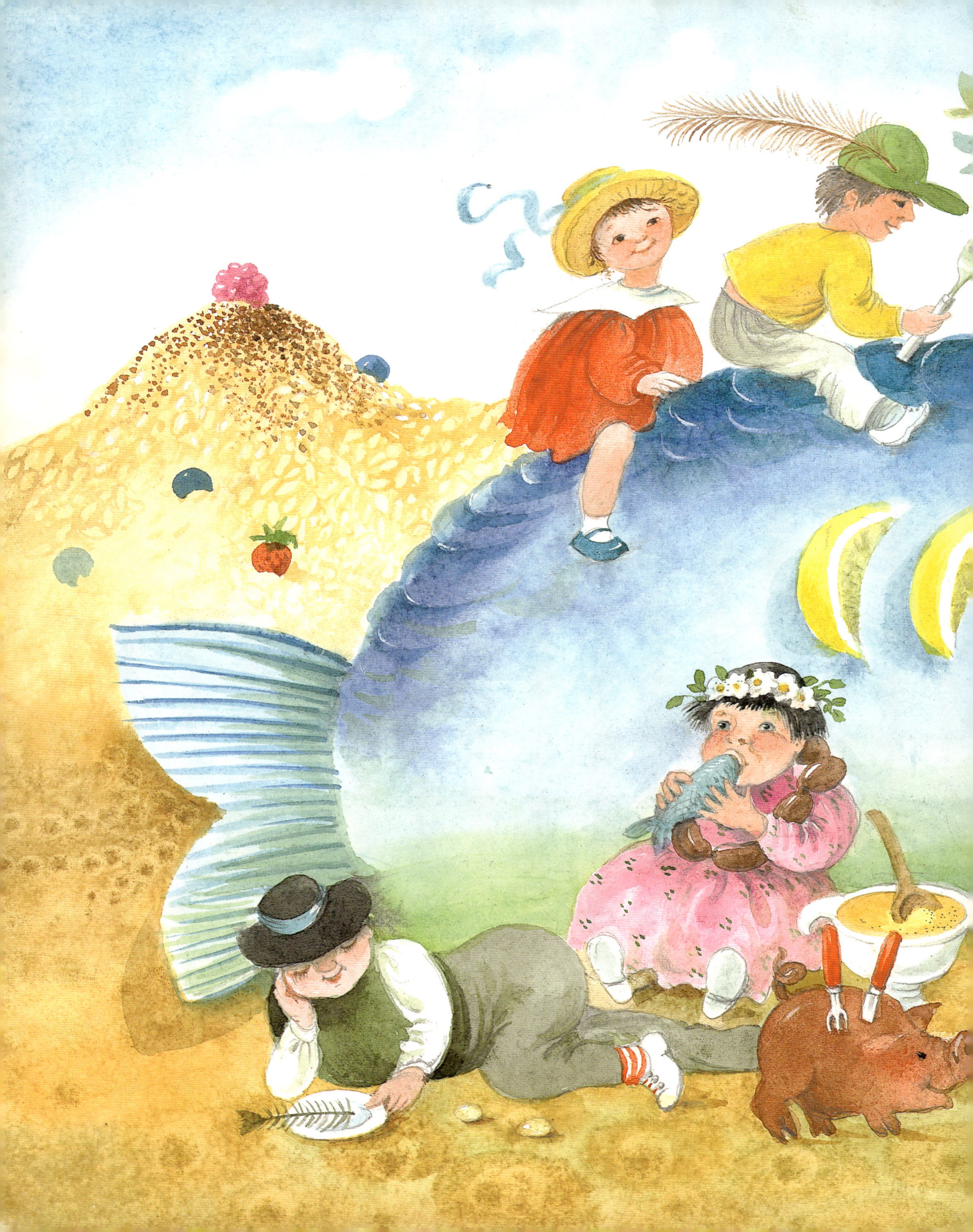

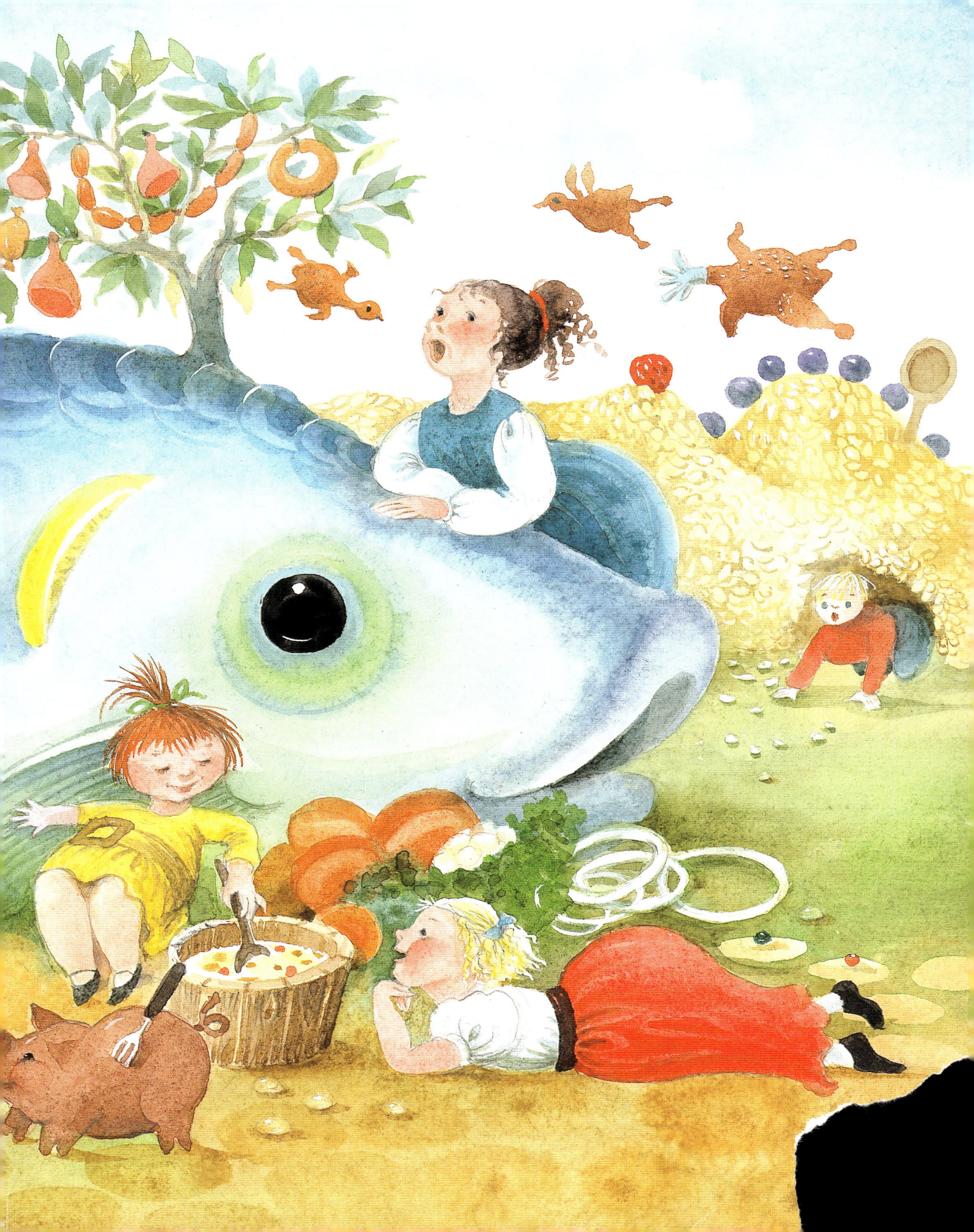

Die Fische schwimmen, schon gesotten,
In Buttersoße mit Karotten.

Die Ferkel, brutzlig braun gebraten,
Sind ganz besonders wohlgeraten
Und laufen knusprig her und hin,
Mit dem Besteck im Rücken drin.

Auch fliegen Wachtel, Huhn und Taube
Und Lerche (mit und ohne Haube)
Gebraten durch die Gegend und
Direkt hinein in deinen Mund.

Drum steckt hier denn auch jedermann,
Der tüchtig schnabulieren kann,
  Voll Freßbegier
    Statt Wißbegier
Und jeder singt den Kehrreim hier:

Fisch
Und Huhn

Und Apfeltaschen,
Himbeersaft
Und Brombeerwein.

Ach, wie **lecker** ist's zu naschen!
Ach, wie herrlich, faul zu sein!

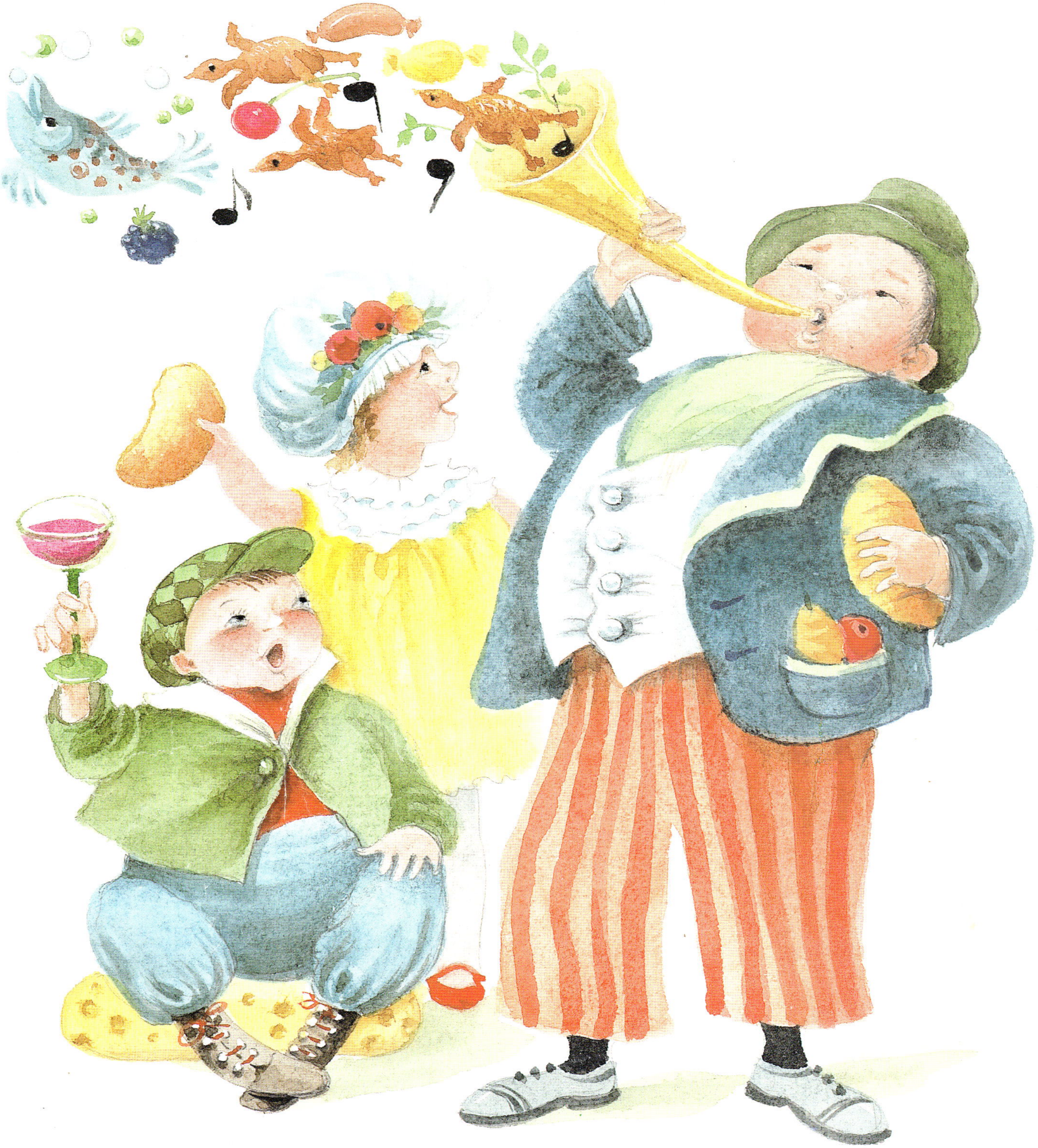

ZWEITER GANG

Du lebst hier
Üppig,
Labst dich
Köstlich;
Du tafelst wo du hinkommst, festlich.
Kurzum, dein Leben wird zum Fest,
Auf dem sichs trefflich schmausen läßt.

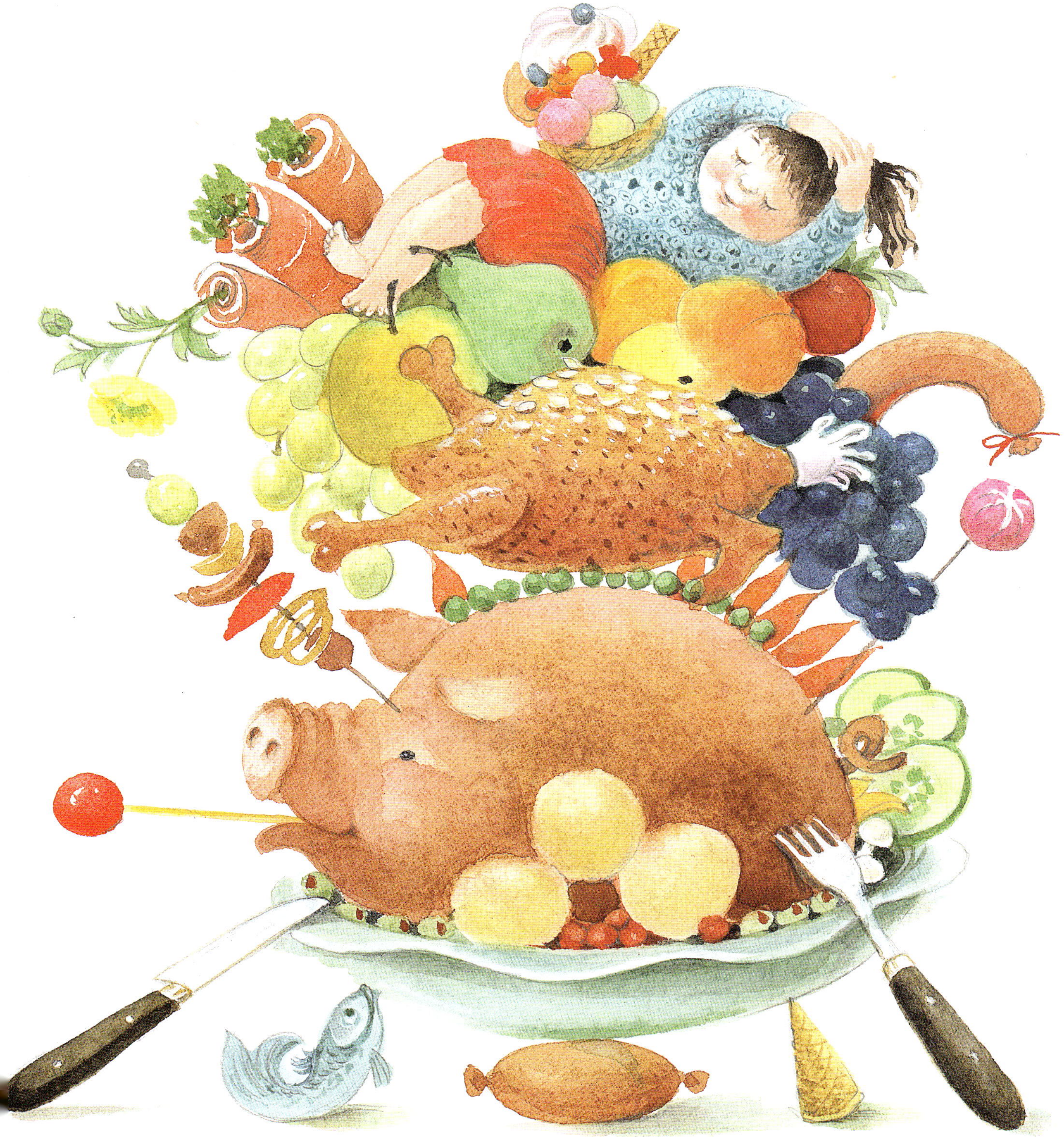

Und zwickt
Der Magen,

Drückt
Der Bauch:
Das ist halt auch
Schlaraffenbrauch.

Doch lecker ist,
Wenn du genießt
Mit Aug' und Mund,
Was du dort siehst.

In Beeten siehst du allerorten
Obst-,
Nuß- und
Schokoladentorten.

An Bäumen hängen saftige Schinken.
Aus Brunnen springt der
Wein zum Trinken.

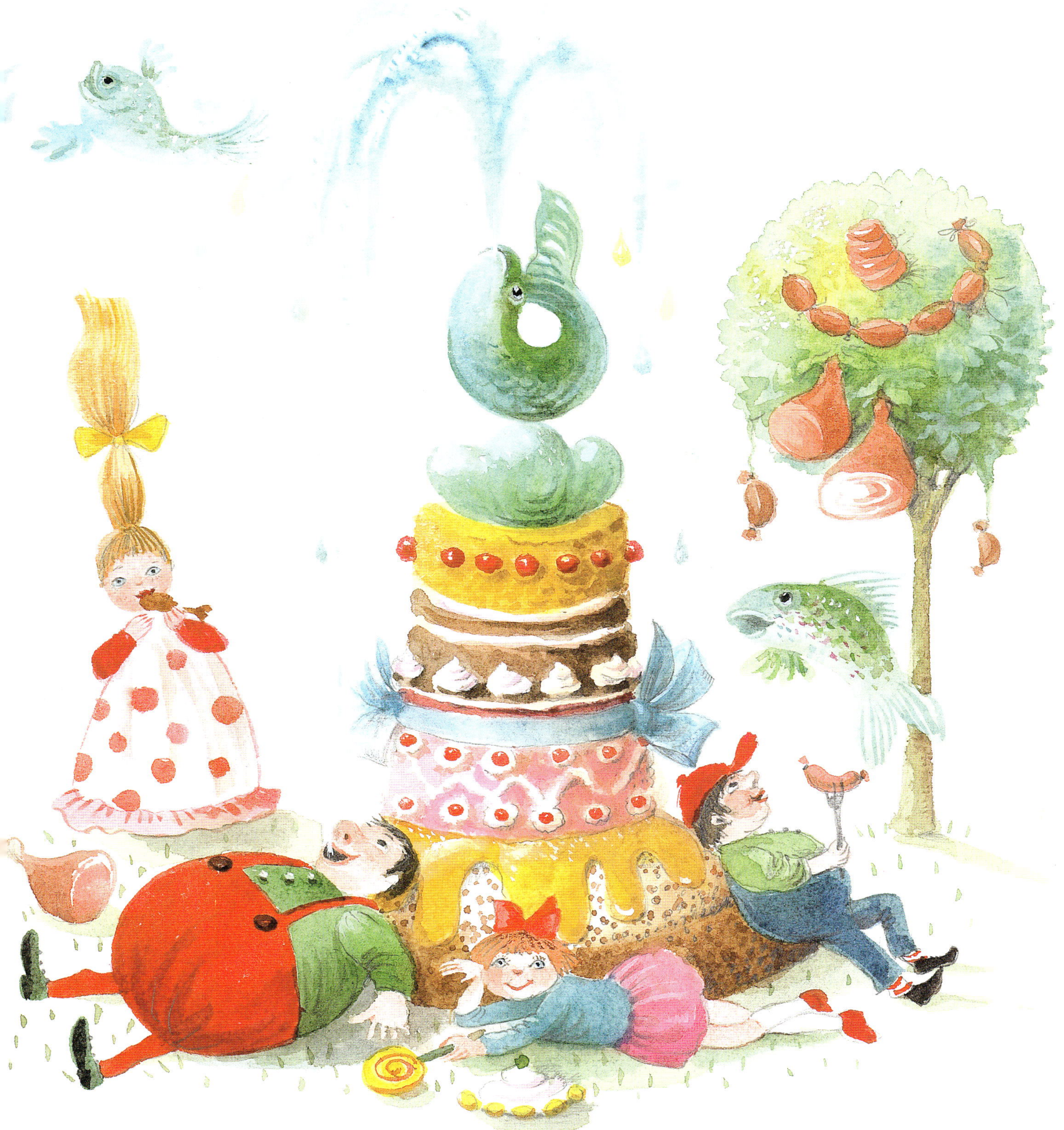

Die Dächer, ganz aus Pfannekuchen,
Darf jeder, der sie mag, versuchen.

Lebkuchen

sind die Häuserwände.
Und Zäune, beinah ohne Ende,
Aus Würstchen schön geflochten, stehn
Knackfrisch am Weg, hübsch anzusehn.

Saftbäche siehst du über Kieseln
Aus Nußkrokant rotgolden rieseln.

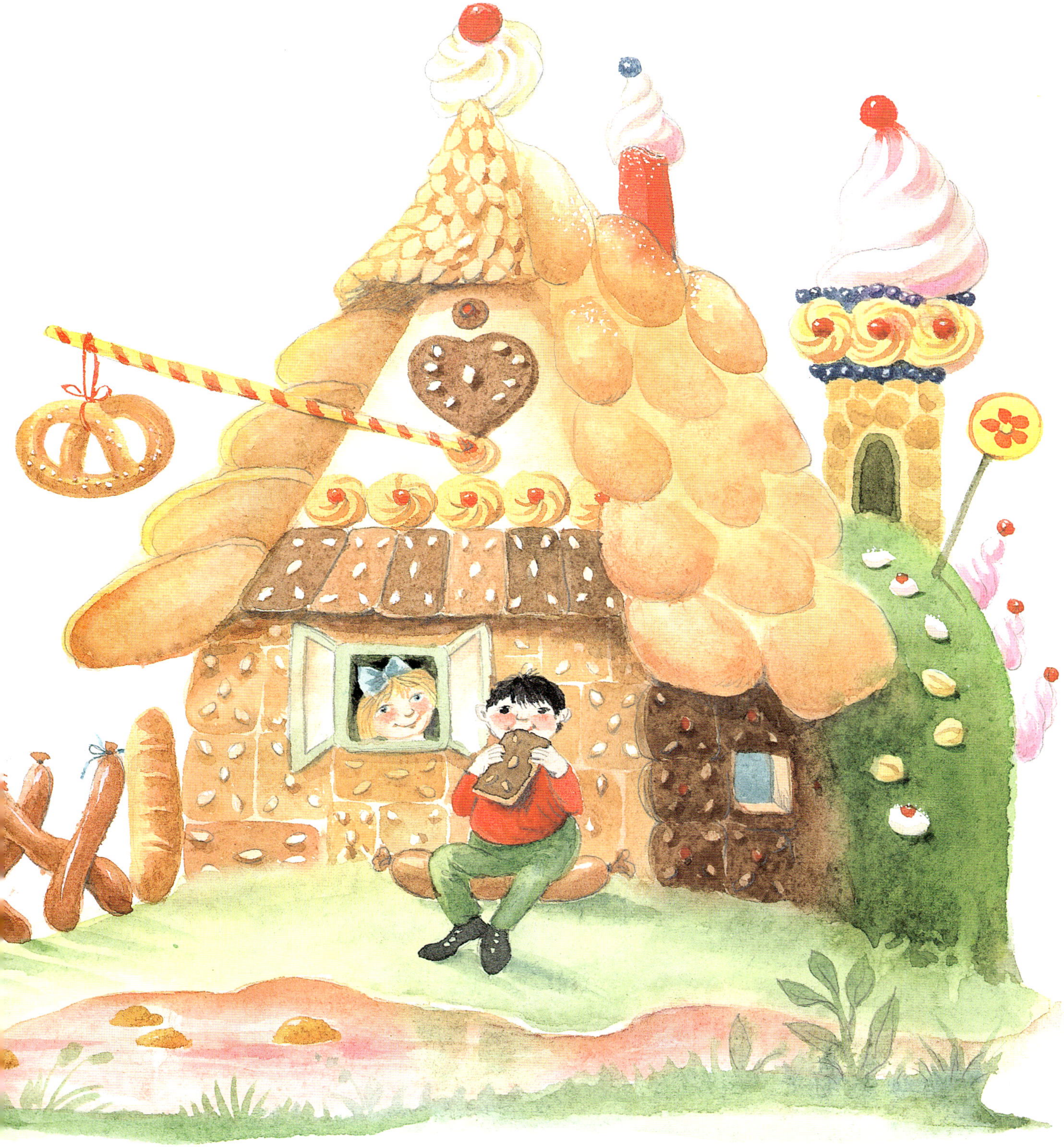

Wenn's hagelt, hagelt's nah und fern
Rosinen,
Nuß- und Mandelkern.

Wenn's schneit, dann schneit es Zuckerwatte
Auf Dach und Hof und Wiesenmatte.

Und Regen fällt hier immer wieder
Zartsüß als Milch
und Honig nieder.

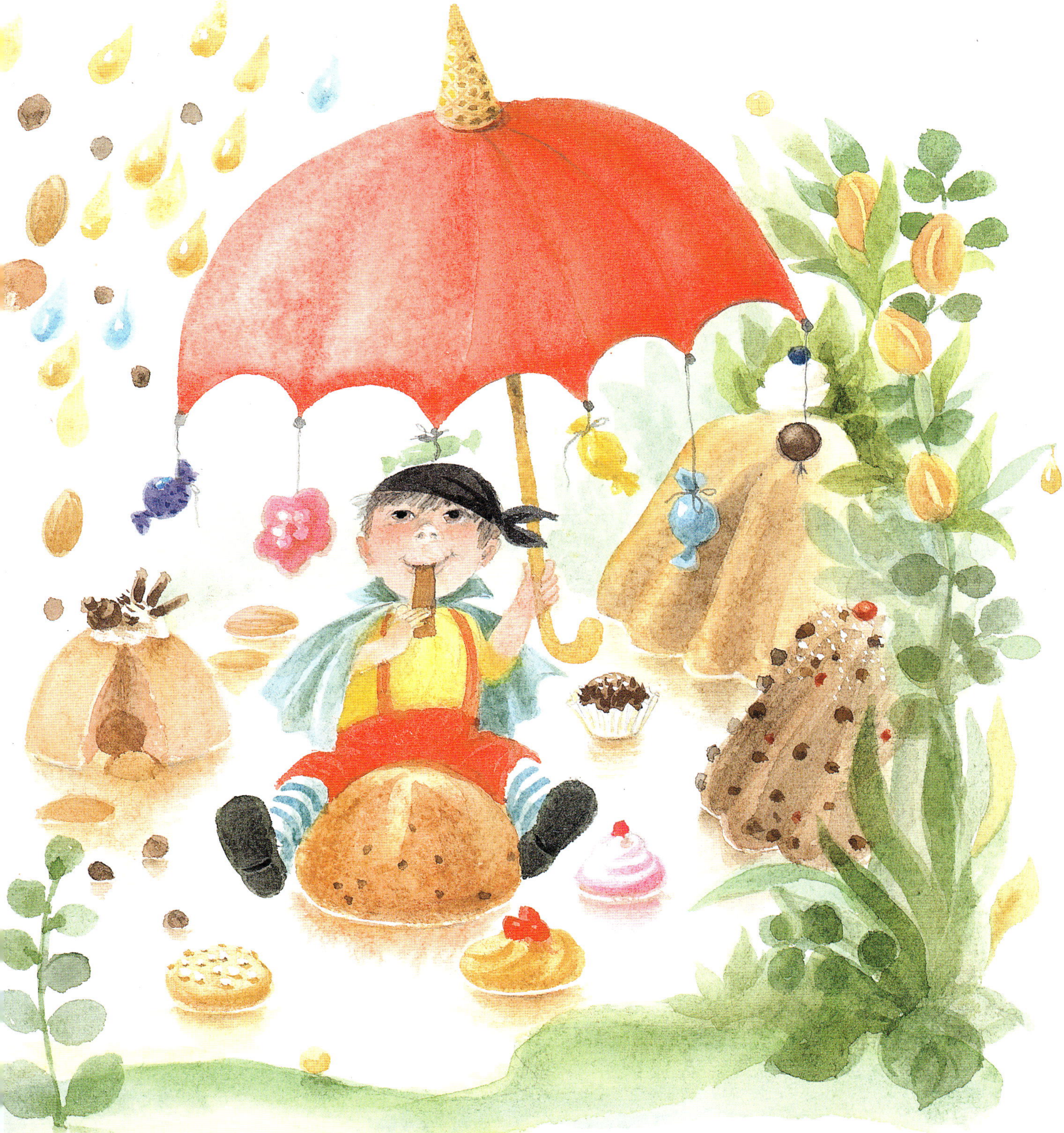

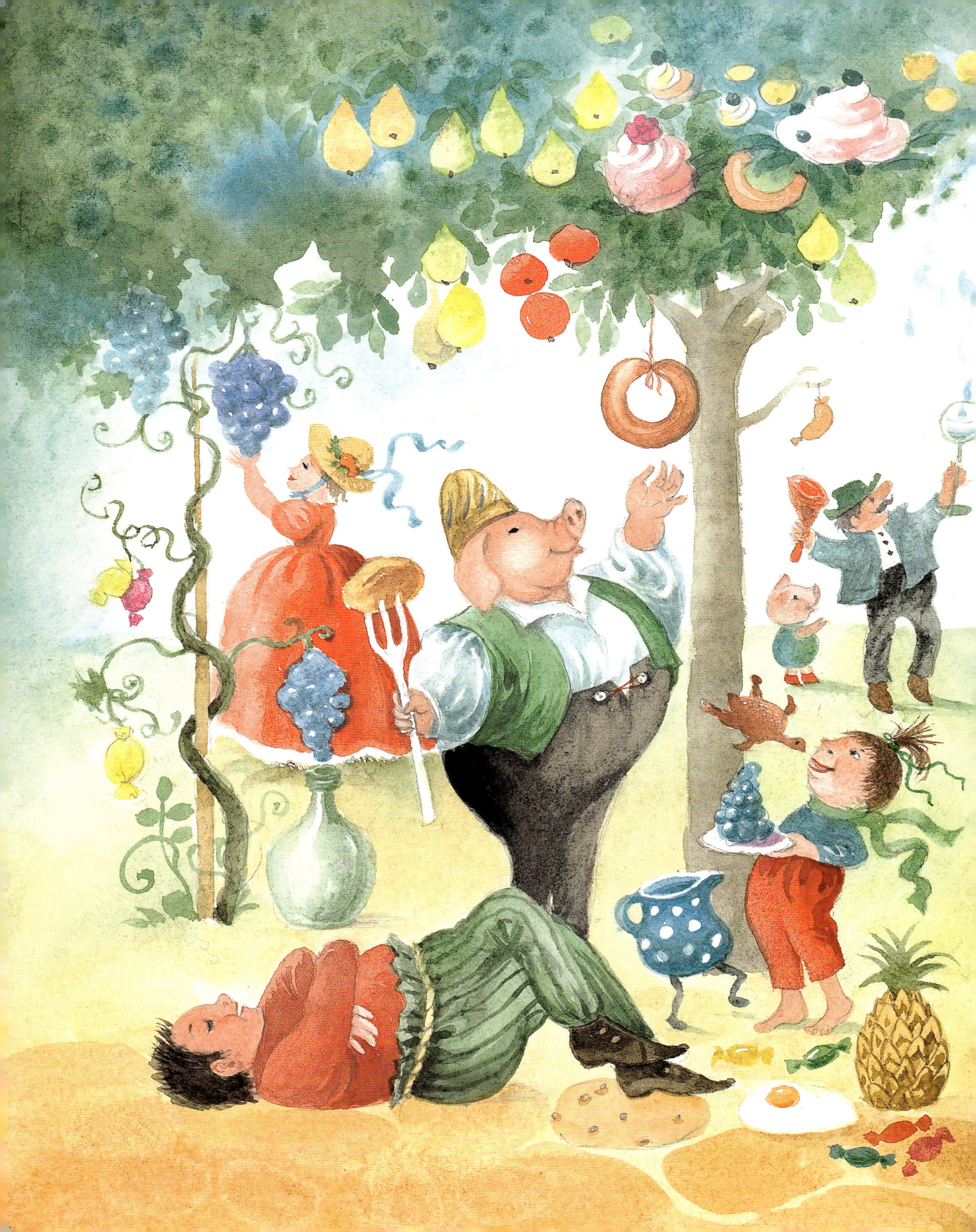

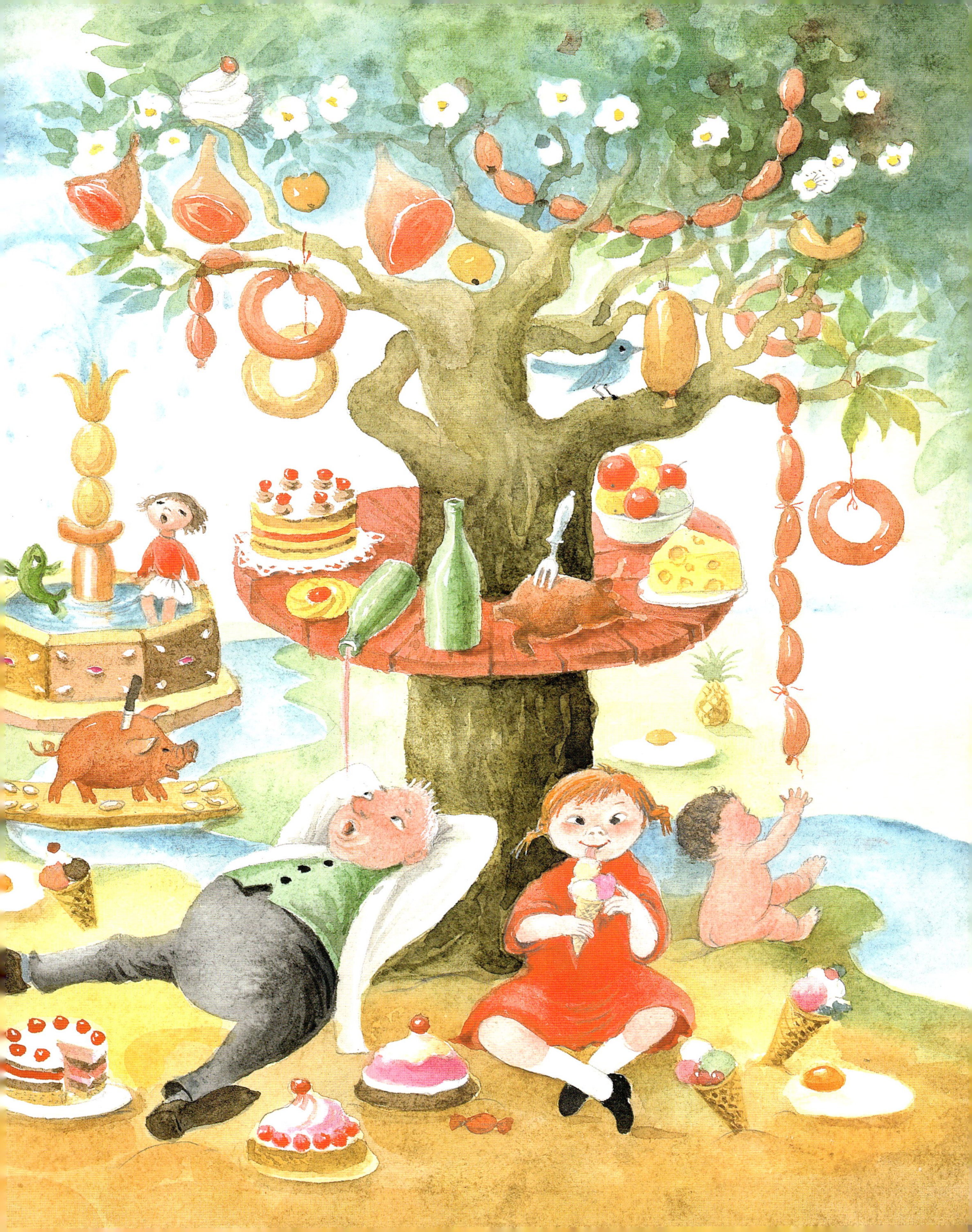

Drum steckt hier denn auch jedermann,
Der tüchtig schnabulieren kann,

Voll Freßbegier
Statt Wißbegier,
Und jeder singt den Kehrreim hier:
Pfannkuchdächer,
Baumesschinken,
Würstchenzäune,
Brunnenwein.
Ach, wie schön ist's ihn zu trinken!

Ach, wie herrlich, faul zu sein!

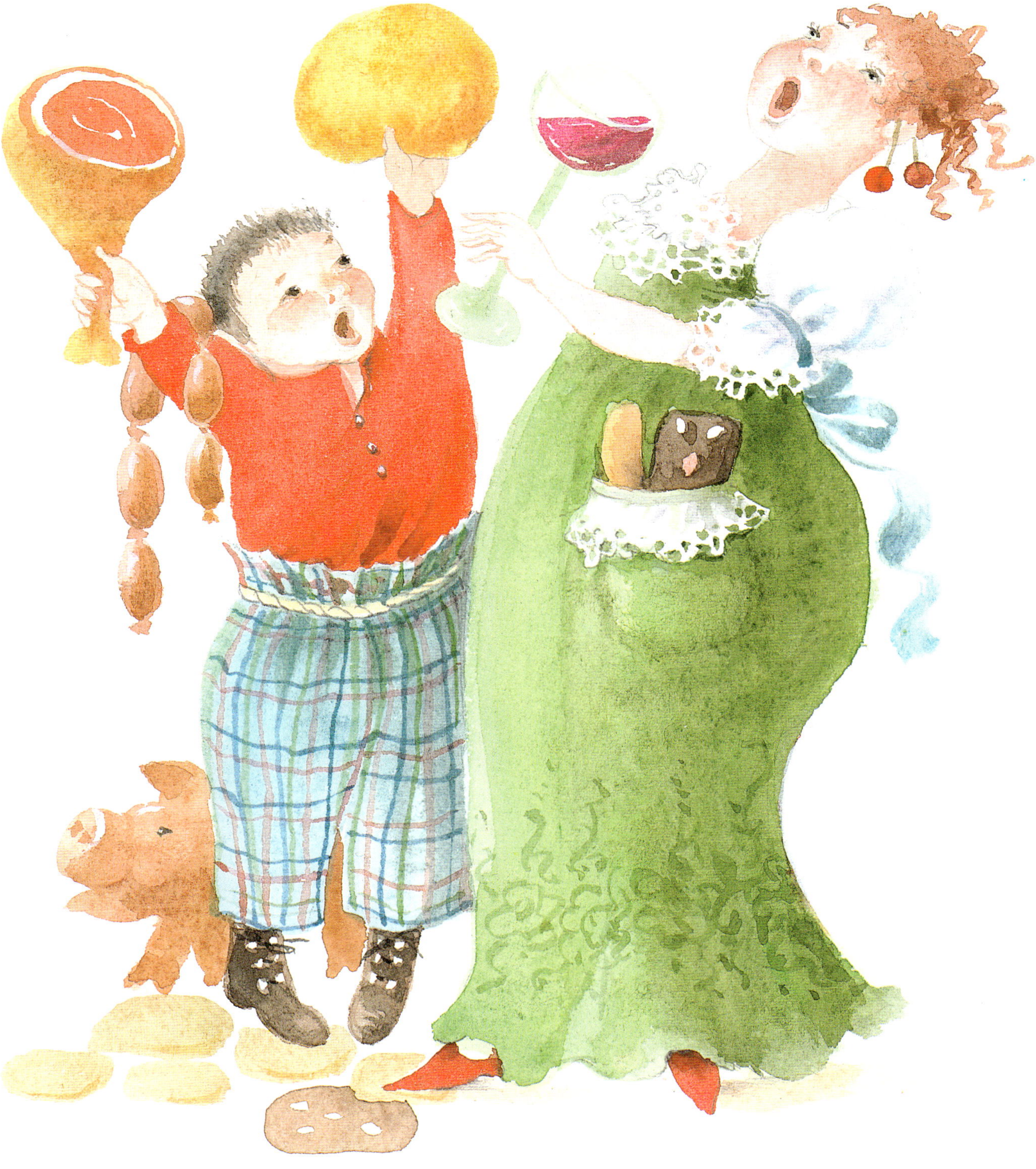

DRITTER GANG

Schlaraffenlandes Herrn und Damen
Sind sehr verliebt in die Reklamen;
Denn dieses Landes Hochgenuß
Ist Überfluß, ist Überfluß.

Hier funkelt Wein, hier schäumt das Bier
Auf buntbedrucktem Glanzpapier.

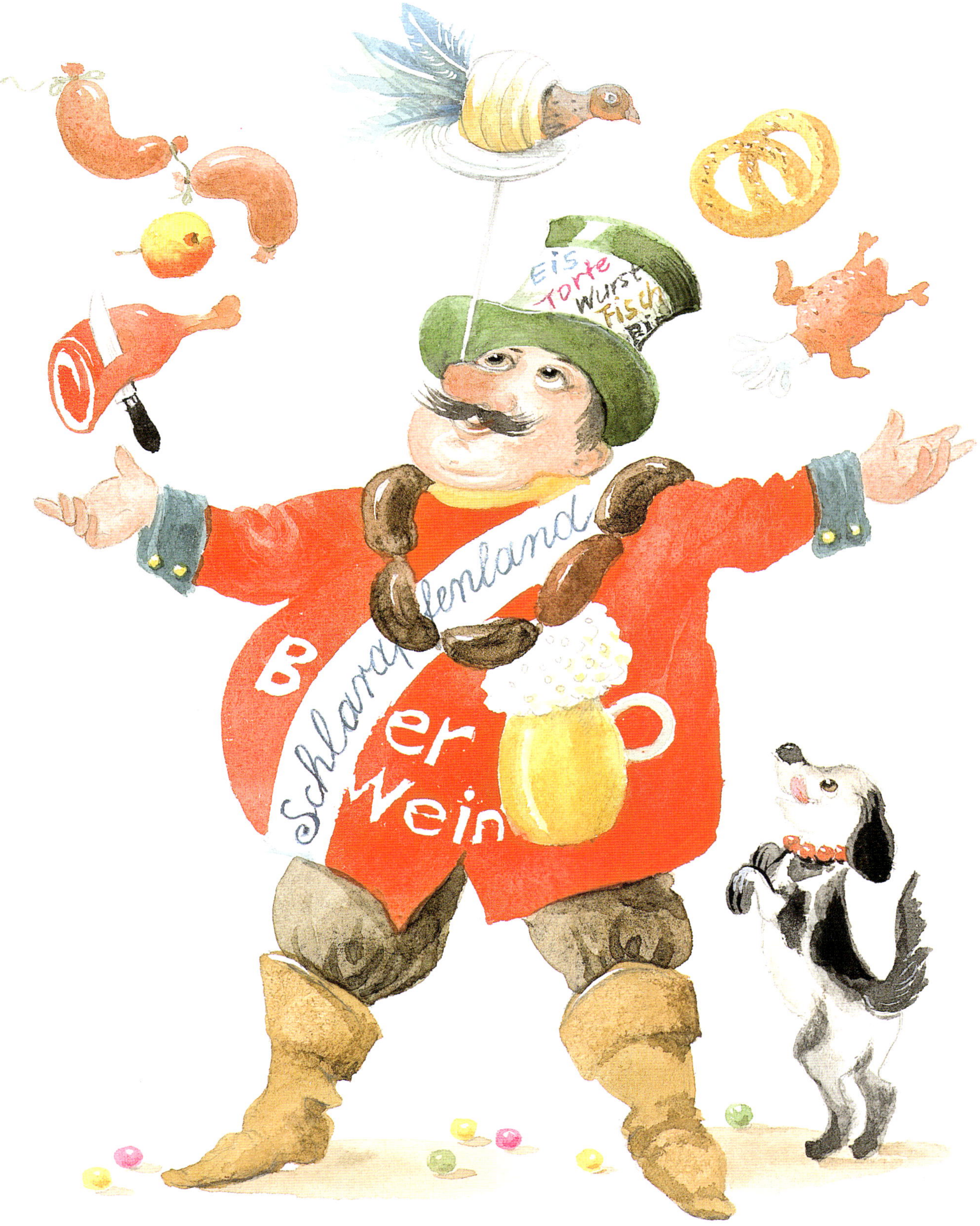
Eis
Torte
Wurst
Fisch
Wein

Auch siehst du hier an allen Ecken,

Um noch mehr Appetit zu wecken,

In kräftigen Farben auf Plakaten
Speck, Schweinesulz und Gänsebraten.

Du liest an Wänden, Mauern, Masten,

Verboten sei es, hier zu fasten.

Es sei vielmehr erwünscht, den Magen
Sich ganz gehörig vollzuschlagen.
Will was nicht schmecken; ei, verflucht,
Dann schnell was andres ausgesucht.

süße Sachen

Super Bier

lecker

FISCH

eßt Schweinebauch

Sekt

Ist Marmelade dir zu fade,
Pflück **Marzipan** und Schokolade

Und Malzbonbons und Nougat auch
Am Wegesrand von Busch und Strauch.

Füll dabei flugs auch deine Mütze
Mit Gummibärchen und Lakritze.

Und sammle feine **Pralinés**
Am Ufer des Milch-Mandel-Sees.

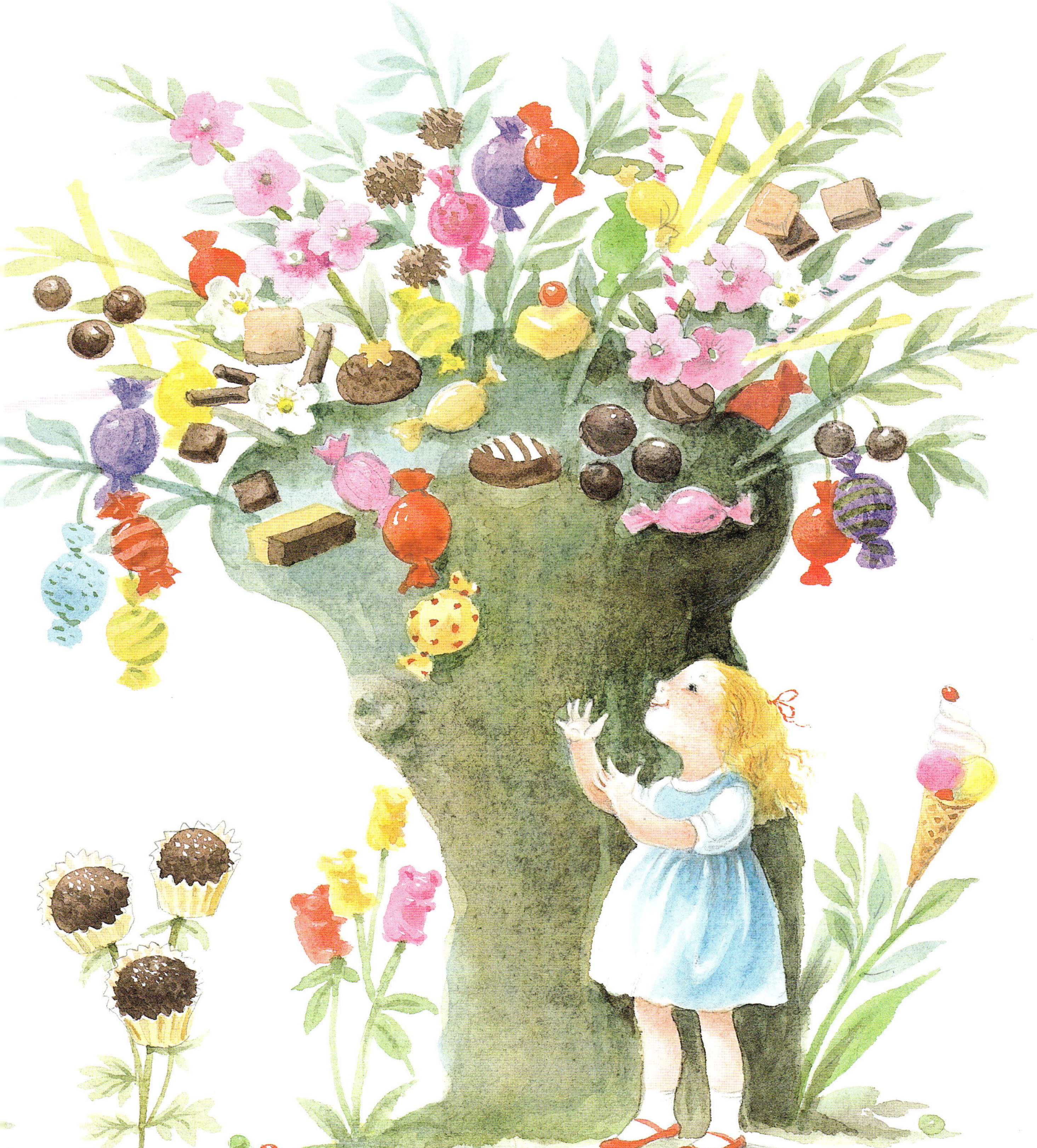

Entwickle hier wie jedermann,
Der tüchtig schnabulieren kann,
  Statt Wißbegier
  Die Freßbegier,
Und sing auch du den Kehrreim hier:
  Marmelade,
  Schokolade,
  Speck und Sülze,
  Bier und Wein.
Ach, wie fein,
im **Sekt** zu baden.
Ach, wie herrlich,
faul
zu sein.

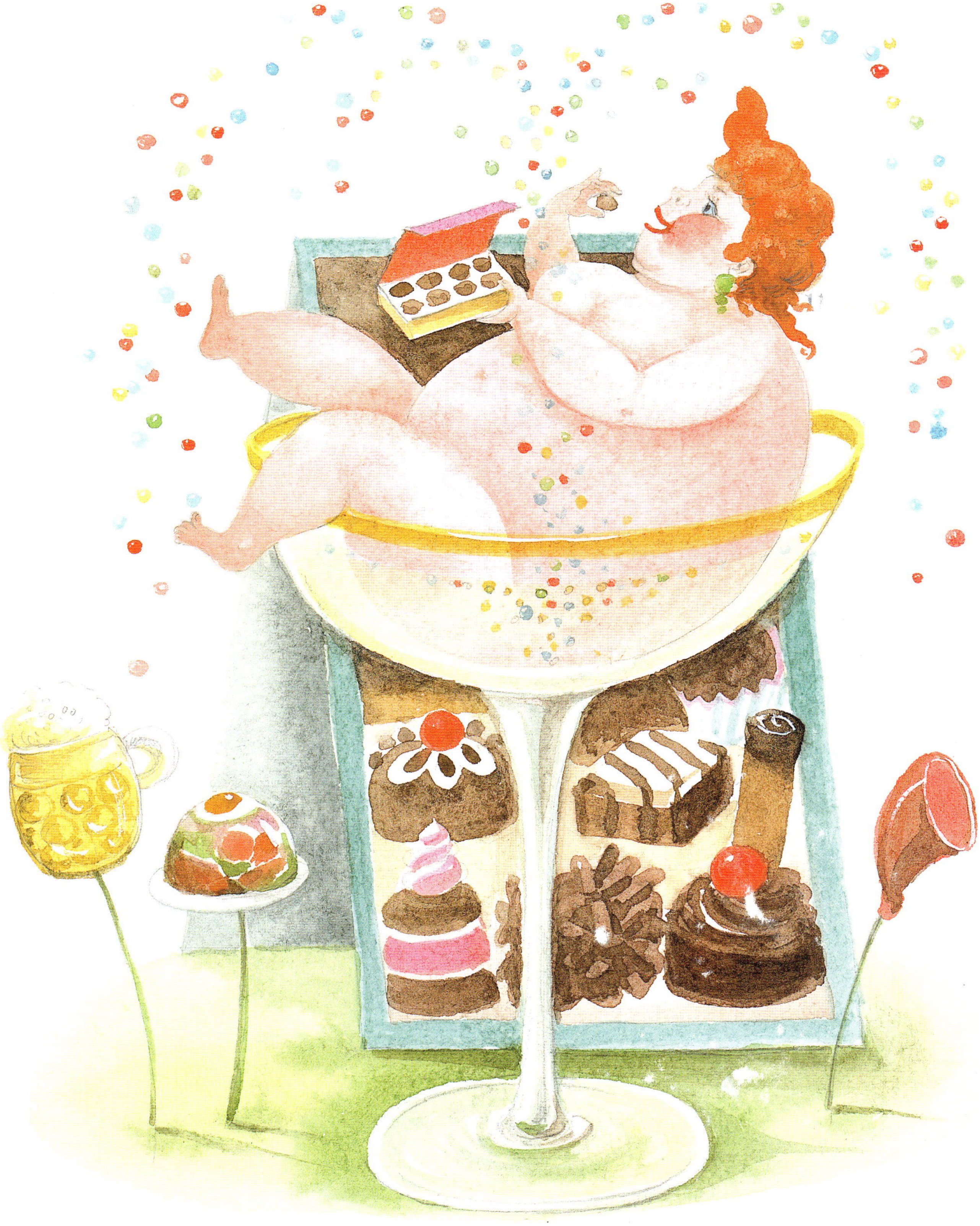

VIERTER GANG

Hast du dich weidlich umgesehn,
Kann es ans Schnabulieren gehn:
   Lutsch Eis,
   Iß Reis,
   Kau Zuckermais,
Trink Weißwein kalt und Glühwein heiß.

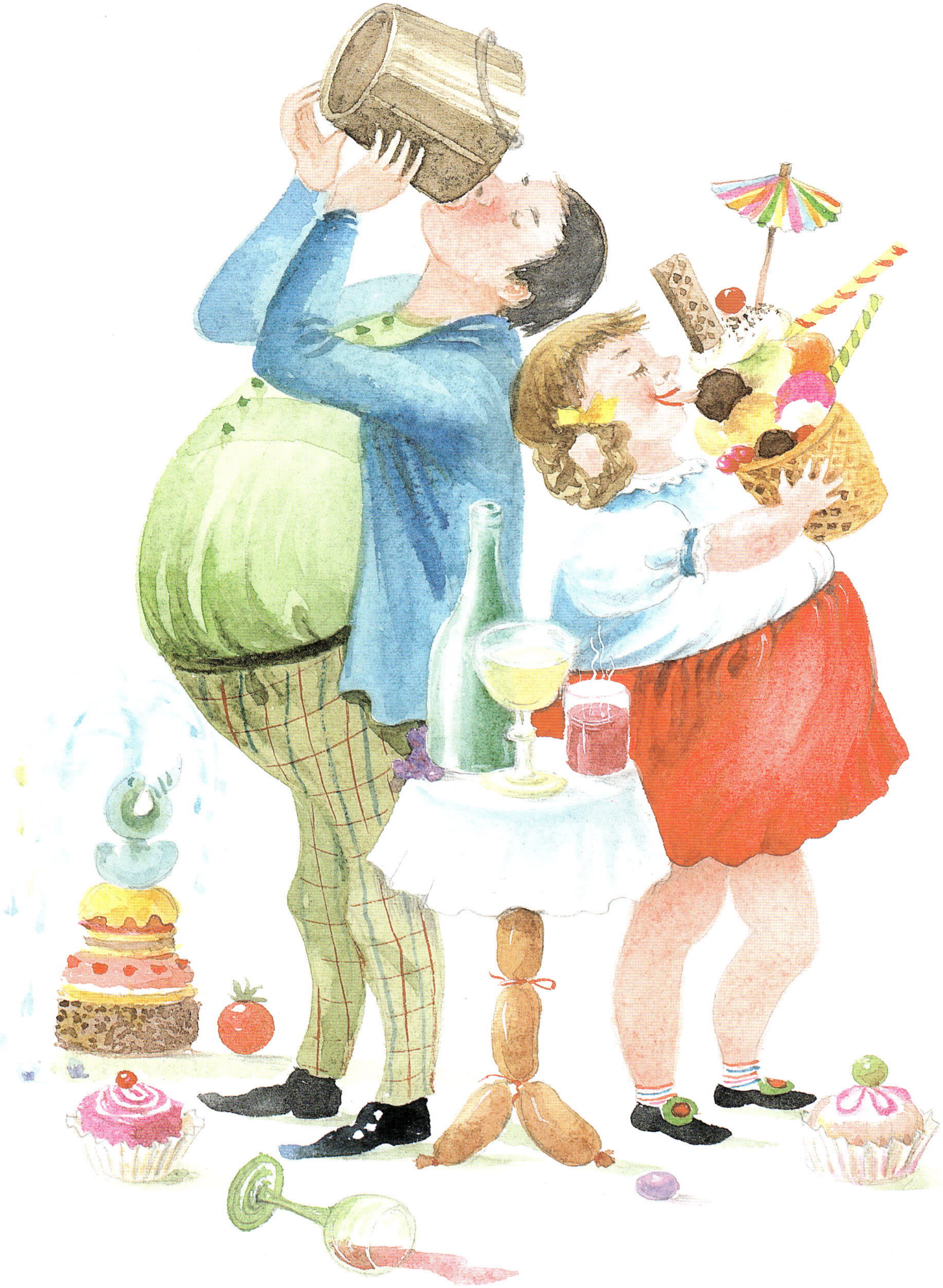

Beiß in die Würstchen, daß sie knacken.
Kau Kalbskotelett mit vollen Backen.

Und fürchte nicht, daß man dich tadelt.
Wer hier viel frißt, der wird geadelt.

Drum **friß**

und **gähn**

und **schlaf**

nicht wenig;

Denn wer am faulsten ist, wird **König.**

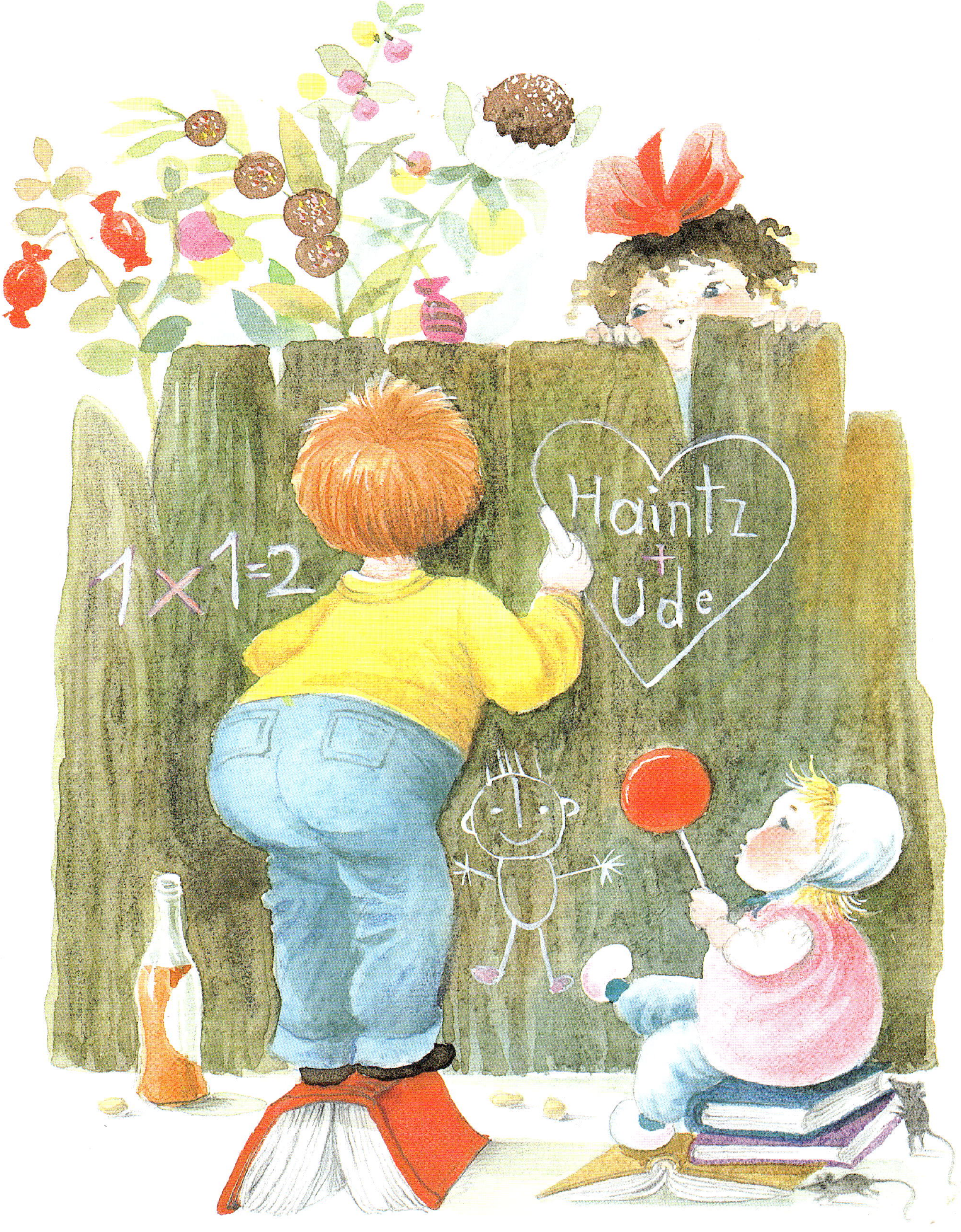

1×1=2
Haintz
+
Ude

Der Reiswall um die Stadt herum
Hält jedermann gemütlich dumm.
Man braucht kein Geld,
Bestellt kein Feld.

Ein **Paradies**

Scheint hier die Welt.

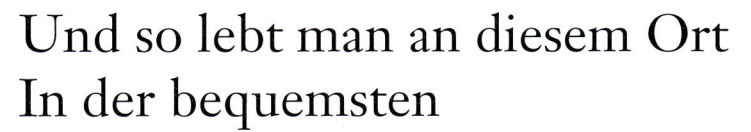

Und so lebt man an diesem Ort
In der bequemsten
Dummheit fort
Und singt nach dem Schlaraffenbrauch
Den wohlbekannten Kehrreim auch:
    Konfitüren,
    Wurst an Schnüren,
    Tortensorten,
    Saft und Wein.

Ach, wie schön zu schnabulieren!
  Ach, wie herrlich,
  Ach, wie herrlich,

Ach, wie herrlich, **faul zu sein!**

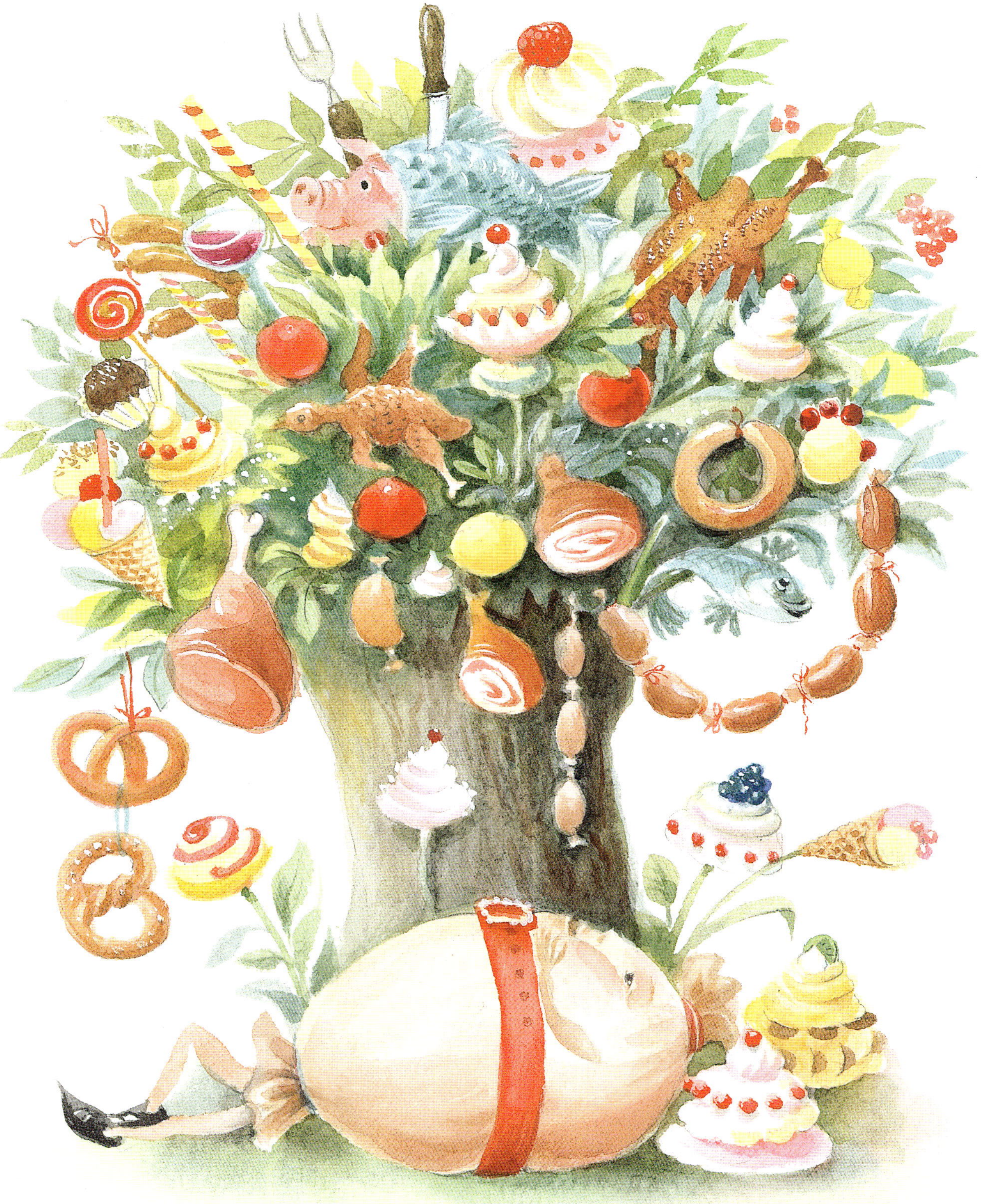

LeiV

© Buchhandels- und Verlagsanstalt GmbH, Leipzig

1. Auflage 1993
Einbandgestaltung: Erika Baarmann
Typographie: Peter Baarmann
Druck: Offizin Andersen Nexö Leipzig GmbH
Printed in Germany

ISBN 3-928885-47-2